マヤコ

# ぼく

小笠原



土曜社

Лилик

Пишу тебе сейчас потому что при Коле
я не мог тебе ответить. Я должен тебе
написать это сейчас же, чтоб моя радость
не помешала бы мне дальше вообще что
либо понимать
Твое письмо дает мне надежды на кото-
рые я ни в каком случае не смею рассчитывать,
и рассчитывать не хочу, так как всякий
расчет построенный на старом твоем отношении
ко мне — не верен. Новое же отношение ко
мне может создаться только после того как ты
теперешнего меня узнаешь.
Мои письмишки к тебе тоже не должны и
не могут браться тобой в расчет — т. к. я должен
и могу иметь какие-то бы то ни было решения
о нашей жизни (если такая будет) только к 28-му.
Это абсолютно верно — т. к. если б я имел право и
возможность решать что-нибудь окончательно
о жизни сию минуту, если б я мог в твоих
глазах ручаться за правильность — ты спросила бы
меня сегодня и сегодня же дала б ответ. И уже
через минуту я был бы счастливым человеком.
Если у меня уничтожится эта мысль я потеряю
всякую силу и всю веру в необходимость переносить
весь мой ужас.
Я с мальчишеским, лирическим бешенством
ухватился за твое письмо.
Но ты должна знать что ты познакомишься
28 с совершенно новым для тебя человеком
Все что будет между тобою и им нач-
нет слагаться не из прошедших теорий а
из поступков с 28 февраля, из „дел" твоих

マヤコフスキー

小笠原豊樹　訳

# ぼくは愛する

土曜社刊

Владимир Маяковский

Люблю

*Published with the support of
the Institute for Literary Translation, Russia*

ИНСТИТУТ ПЕРЕВОДА

AD VERBUM

底　本

ぼくは愛する『マヤコフスキー選集Ⅱ』飯塚書店，1958年
マヤコフスキーの手紙『マヤコフスキー研究』飯塚書店，1960年

# ぼくは愛する

# 平生は左のごとし

愛はあらゆる赤子《あかご》にあたえられた――
しかし勤めがあり、
収入があり、
するうちに、
日ごと
こころの土壌がかたくなる。
こころに体を着せかけ。
体にシャツを着せかけ。

それでも不足。
ある男
（ばかものめ！）
カフスをつくり
Yシャツに糊をきかせた。
よる年波にはッと気がつく。
女は化粧。
男はミュラー体操にてんてこまい。
けれど時すでにおそい。
皺また皺で肌は二重《ふたえ》三重《みえ》。
愛は花さき、
わずかに花さき、
たちまち色あせ。

# 少年の頃

ぼくもほどよく愛にめぐまれた。
だが庶民たるもの
餓鬼のうちから
仕事をしこまれる。
ぼくはエスケープ、
リオン河の岸辺を
ぶらついて、
横のものを縦にもしない。
ママがおこって、
「わるい子ねえ!」
パパもいかめしく「バンドでぶつよ」
けれどぼく、

にせがね三ルーブリせしめては、
兵隊どもと塀のうしろで丁半賭けた。
シャツなんてぇ重荷はない、
靴なんてぇ重荷もなしで、
クタイスの炎熱のなか日向ぼっこ。
日光を背中にうけとめ
腹にうけとめ
やがてみぞおちがうずきだす。
太陽あきれて、
「目に入らんほどのチビ助が！
なまいきに
心臓をそなえとる。
小さな心臓で骨折っとるわい！
なんたることか、

尺寸のこいつに
呑まれおるとは、
わしも、
リオンも、
万丈の断崖も！」

## 青年の頃

青年諸君は勉強にいそがしい。
愚鈍なる男女が習う幾何代数。
ぼくはといえば
中学五年からたたきだされ、
ほうりこまれたモスクワの監獄。
わが国の

小市民的
小世界では
閨房用の髪毛《かみけ》ちぢれた抒情詩がおさかん。
こんな狆《ちん》めいた抒情詩がなんになりますか。
たとえばぼくが
初恋を
得たのは
ブトゥイルキ監獄のなか。
《ブーローニュの森恋し》とは縁がない。
《海の眺めに出ずる溜息》とも縁がない。
ぼくは、それ、
まむかいの葬儀社に
恋をした、
一〇三房の小窓をとおして。

日ごと太陽ながめては、
みんな思いあがって、
「なんになる、わずかばかりのこの光」
だがあの頃のぼくならば
壁の
きいろいこぼれ陽《び》に換え
この世のすべてを投げ出す気だった。

## ぼくの大学

きみらフランス語を御存知。
加減。
乗除。
名詞変化もすばらしい。

ああすばらしい名詞変化！
ではうかがいますが、
建物といっしょに
歌えますか。
電車のことばを御存知か。
人間のひな鳥、
孵化するやいなや、
手には教科書、
ノートの山。
ぼくは鉄とブリキのページをめくり、
ＡＢＣを看板でおぼえた。
地球ぜんたい手にとって、
鋏いれたり、
ひっちゃぶいたり、

それがかれらの教育だ。
実のところはごくちっぽけな地球儀さ。
ぼく、
横ッ腹で地理をおぼえた。
一夜の泊りにずっでんどう
地面に寝たのも
甲斐があった！
イロヴァイスキー歴史教科書の問題に曰く、
「赤鬚《バルバロッサ》の鬚は赤かったか？」
くそくらえ！
埃だらけのたわごとなんか知るもんかい、
モスクワの事情ならぼくにまかしときな！
愛善居士《ドブロリユーボフ》をとりあげて（悪を憎まんものと）
名前はさかさまなのに、

と産婆が泣く。
ぼくなら
脂肪ぶとりのやつらを
こどもの頃から憎み馴れてきた、
めしのために
いつも体を売ったから。
やつらたらふく勉強すると
腰をおろし、
女に色目つかう、
思想の屑を小銭《こぜに》みたいにジャラジャラ鳴らす。
だがぼくの
話相手は
建物《ビル》ばかり。
給水塔ばかりが話相手。

明り窓でじっと聴き入り、
ぼくの投げることばを屋根がとらえた。
それから
真夜中について、
互の身の上について、
ぼくらカタコト話しした、
風見《かざみ》の舌をころがして。

## おとな

おとなには仕事があります。
ポケットには金《ルーブリ》があります。
愛する？
おそれいりました！

百ルーブリで買った。
ぼくは
宿なし、
ぶざまな両手
やぶれた
ポケットにつっこんで、
かっと目みひらき、そぞろ歩き。
夜だ。
きみら晴着をきる。
細君に、未亡人に、ほッと一休み。
ぼくは
モスクワの抱擁に首しめられた、
その限りないサドヴァヤの環《わ》に。
心臓の

ちっちゃな時計に
情婦《おんな》がチクタク、
恋の臥所《ふしど》の男は有頂天。
とらえたぞ、ぼくは、
首府の心の粗暴なときめきを、
ストラスナヤ広場に身をよこたえて。
服のボタンをぱらりとはずし、
（ほとんど心臓を露き出して）
陽《ひ》と水溜りに身をあけひろげる。
はいってこい、もろもろの情欲で！
もぐってこい、もろもろの愛情で！
もはやぼくの心臓、ぼくの意志にある。
ほかのひとの心臓のありかなら知ってます。
そいつは胸にある――万人周知の事実です。

しかしぼくの体では
解剖学が発狂した。
どこをとっても心臓ばかり、
いたるところで気笛を鳴らす。
ああ、いくつある、こいつら、
春、春、春ばかり、灼熱の体へ
二十年のあいだにながれこんだ！
その費《つか》いきれぬ重み、ただもうたまらない。
たまらないよ、
詩の文句でなく、
文字どおり。

# その結果

必要以上に、
可能以上に、
（まるで
夢に懸《かか》った詩人のうわごと）
心臓の塊がすくすくのびた。
愛の巨大なかたまりだ、
憎悪の巨大なかたまりだ。
その重みで
足は
ふらふら、
（ほんとをいえば
ぼくはもう

降参したってかまわない)
それでも
心臓の附録たるぼくは歩く、
いかつい肩をすぼめて。
詩の牛乳で体はぶくぶく、
(けっしてとろけはしないのだが)
この水分をどこへ捨てよう。
ぼくは抒情詩につかれはてた、
抒情詩こそ世界の乳母、
モーパッサンの原型の
とてつもない誇張なのだが。

# ぼくは呼ぶ

レスラーみたいに立ちあがり、
アクロバットの軽業《かるわざ》し、
選挙人をよぶ立会演説、
田舎の
火事の
半鐘みたいに
ぼくは呼んだ、
「これがそれ！
ほら、これだ！
もってって！」
埃、
どろんこ、

吹きだまり、
そんなものにはおかまいなしに、
こんな巨体が
ため息つけば、
御婦人方は
ロケットさながら
ぼくから跳びのく、
「あたくしたち、もっと小さいのがいいわ、
あたくしたち、タンゴみたいなのがいいわ」
はこべぬ重荷を
はこぶぼく。
投げ出したいけど、
いや、
投げ出さないぞ！

横圧に耐えきれぬ肋骨の弓。
胸の囲いが緊張にはじけた。

## きみが

きみが来た、
てきぱきと
ぼくの大声、
巨体のかげを
のぞきこみ、
ただの少年、その姿を見た。
つまみあげ、
心臓をよりわけ、
あっさりと

遊びに行った、
かわいい少女の毬《まり》あそび。
世間の女ども、
既婚の女も
未婚の女も、
まるで奇蹟あつかい、
「あれが恋人？
あんな男はとびかかるよ！
ライオン馴らしの女かしら。
動物園の女かしら！」
けれどもぼくは狂喜する。
あいつがなくなった、
軛《くびき》がなくなった！
よろこびに我を忘れ、

ぼくは走った、
婚礼のインディアンみたいに跳ねた、
それほどたのしかった、
かろやかだった。

## できない

ひとりではできない、
ピアノはとてもはこべない。
(耐火金庫なら
なおさらのこと)
金庫でなくて、
ピアノでないなら、
このぼくが

逆手《さかて》にかかえ、心臓はこべるか。
銀行屋いわく、
「われらの富は無限なり。
ポケットなどにて事足らず。
よって耐火金庫に収める」
ぼくの富
ぼくの愛を
きみに
かくして、
ぼくはこの世を歩きまわる、
百万長者のよろこびだ。
だから
ひどく気がむいたなら、
ほほえみひとつ、

ほほえみ半分、
もっとこまかいほほえみポケットに詰め、
ほかのみんなとのんだくれ、
ぼくは真夜中に費《つか》いはたそう、
抒情詩の屑十五ルーブリ。

## ぼくもそんなふうに

船はおのずから港にあつまる。
汽車はおのずから停車場にむかう。
ああ、ぼくもきみにまえまえから
（ぼくは愛しているのだから）
おのずと引きよせられる。
プーシキンのけちな騎士《ナイト》

穴蔵の見まわりに下りてゆく、
ぼくもそんなふうに
きみに帰るよ、ぼくの恋びと。
ぼくのこの心に
ぼくが自分で惚れぼれする。
きみら、うれしげに家《うち》へ帰る。
ひげそり、入浴、
よごれをおとす。
ぼくもそんなふうに
きみに帰る、
きみに帰ることは
家へ帰ることでは
なかったか。
土からうまれた者は土に帰る。

ぼくら最後の目的に帰る。
ぼくもそんなふうに
だんじて
きみに引かれる、
はなれるやいなや、
わかれるやいなや。

## 結　論

愛は洗いおとされぬ、
いさかいにも
へだたりにも。
検討もすんだ、
調整もすんだ、

点検もすんだ。
今こそおごそかに雑色の詩行をささげもち、
誓います、
ぼくは愛する、と、
まことの心もて愛する、と！

〔一九二二〕

# マヤコフスキーの手紙

小笠原豊樹

前衛的革命詩人マヤコフスキーが生前に書き残した手紙は、従来ほとんど知られていなかった。恋人のリーリャ・ブリークに宛てた手紙のごく一部分や、友人たちへのわずかな通信などが、断片的に公開されていただけである。一九五八年末、「マヤコフスキー新資料」というエンサイクロペディア型の厖大な本がソビエトから輸入された。この本の第二部はマヤコフスキー書簡集となっていて、リーリャ・ブリークに宛てた百二十五通、および友人たち宛の三十一通の手紙や電報や葉書が収録されている。肉親（母と姉二人）への手紙はこの本には入っていないが、それは姉の手によって別に出版されるらしい。マヤコフスキーは日記のたぐいを全然残していないので、この書簡集はマヤコフスキー研究家にとって非常に貴重な資料である。なるべく主観的な断定を差控えるようにして、これらの手紙を読んでみたいと思う。

まずリーリャ・ブリークの序文がある。

ヴラジーミル・ヴラジーミロヴィチ・マヤコフスキーと私との付合いは、十五年にわたります——一九一五年から彼の死まで。

私たちがほんのすこしのあいだ離れていたときでも、彼はよく私に手紙をくれました。外国にいる私に宛てた手紙があり、外国からモスクワへ送った手紙がありますーー私たちはほとんど毎年のように旅行しましたが、ときどき、いろいろな理由で、べつべつに旅行したのです。一九二六年以降、ヴラジーミル・ヴラジーミロヴィチは定期的にソビエトの町々へ講演旅行に出ましたが、そういうときも彼はよく私に手紙をくれました。

電報はしばしば重複しているので、全部は収録いたしません。それは彼のアドレスや、ほかの町へ移るということや、帰宅の日付などについての通知です。
私あての手紙や電報に、ヴラジーミル・ヴラジーミロヴィチは「シチョン」と署名しました。大多数の手紙には、最後のところに絵がついていて、彼は自分のことを子犬に、時には私のことを子猫にえがいていますが、これは私たちの家のなかでの呼び名でした。

若干の手紙はすこしだけ省略して載せました。

ほとんどすべての手紙に、O・M・ブリークのことが書いてあります。オシップ・マクシモーヴィチは私の最初の夫でした。この人と初めて逢ったのは、私が十三歳の年です。それは一九〇五年のことでした。彼は、私が通っていた中学校で、経済学サークルの指導をしていました。私たちは一九一二年に結婚しました。マヤコフスキーと愛し合うようになったことを、私が夫に告白したとき、私たち三人は決して離ればなれになるまいと誓ったのでした。マヤコフスキーとブリークは当時すでに親友であり、思想的関心が似ていたことやら、文学上の共同の仕事やらで、お互に固く結びついていたのです。そんなわけで私たちは精神的にも、また大抵は場所的にも生活を共にしました。

これらの手紙が書かれてから、どれだけの年月が流れ去ったことでしょう！　多くのことは忘れられました――人間や、事件や、日付や……。これらの手紙の公表の準備に力を貸し、註をつけて下さった、ヴラジーミル・ヴラジーミロヴィチの友人の方々に感謝します。

「シチョン」とは「子犬」の意のロシア語「シチェノーク」の語尾を取り去った愛称である。マヤコフスキーとブリーク夫妻が初めて逢ったのは、一九一五年七月で、マヤコフスキーの自伝にも「とても嬉かった日」と書かれている。ブリークとの「文学上の共同の仕事」というのは、たとえば革命前のマヤコフスキーの長詩「ズボンをはいた雲」や「背骨のフルート」がいずれもブリークの手で出版されたことや、二、三の同人雑誌、のちには有名な「レフ（芸術左翼戦線）」でも、ブリークとマヤコフスキーがいつも仲間だった事実を指すのだろうか。蛇足としては、一九〇五年はいうまでもなく第一ロシア革命の年であり、「経済学サークル」というのはマルキシズム経済学の研究会であろうと想像される。

さて、リーリャ・ブリークへの手紙のコレクションは、一九一七年九月二十五日付のものから始まっている。つまり、二月革命以前の手紙は一通も収録されていないのである。ただリーリャの妹エルザ・トリオレ宛の五通の手紙は、一九一六年から一七年にかけて比較的短い期間に書かれ、まとまって読める。そのうち三通を読んでみよう。

〈ペトログラード、一九一六年十月十二日〉

かわいいエーリック！

きみの手紙の返事を書かずにいたらどんなに愉快だろうとは思うものの、あんなやさしい手紙には返事せずにいられません。

当分モスクワへ行けないことは非常に残念。きみのゆううつの罰として、君を絞め殺したいというあくなき願いは、しばらく延期しなければならない。

きみの唯一の救いの道は、早くこっちへ来て、親しくぼくの許しを乞うこと。

エーリック、ほんとに、早くいらっしゃい！

ぼくはタバコを吸っていいます。

ぼくの現在の社会的・個人的活動のすべては、これに尽きる。

この手紙の若干内気なトーンは、ゆるして下さい。これはぼくの二十三年の生涯における最初の抒情的書簡なんだから。

すぐ返事を下さい。それも、できれば五、六通の返事を。ぼくは食欲旺盛です。

きみを二、三回接吻する。

いつもきみを愛している
ヴォロージャ小父さん

きみがIと絶交したのはよろしい。


〈ペトログラード、一九一六年十一月一日〉

寛大なるエルザ・ユーリエヴナ殿！

貴殿のいやらしい手紙、残念ながら拝受しました。貴殿がどんなに下劣なことを書かれたか、願わくば思い出していただきたい。㈠「あなたがこれほど魅力的な方だとは、今まで思ってもみませんでした」くだらん！――このことばに小生は怒りをもって答えます。㈡「でもやはり伺えそうもありません、もうすこし一人でいたいのです」この下劣さを御自分でとくと味わわれたし。男一匹にやさしい手紙を書かせておいて、そのあとで「伺えません」とは。㈢もしも貴殿が小生の手紙の到着後十年経って返事をしたためるつもりなら、小生は貴殿の手紙をもらったら二十年後に返事を書くことにします。この手紙を読み終えられたら、貴殿は小生宛の恐るべき手紙の発送を全然中止するか、さもなくば、ただちにペトログラード市ナジェジンスカヤ町五十二番地九号へ弁明の手紙を送ること。

忠実なる僕ヴラジーミル・マヤコフスキー

P・S　きみに接吻する、かわいいエーリック、きみのヴォロージャ小父さんより

〈ペトログラード、一九一六年十二月十九日〉

かわいい、親切なエーリック。

はやく来て下さい！

ぼくが手紙をあげなかったことは、ゆるして下さい。そんなことはどうでもいいのです。今のきみはどうやら、ぼくが愛とやさしさをこめて想うただ一人のひとらしいのです。

つよく、つよく接吻する。

今すぐ返事を下さい、頼むから。

ヴォロージャ

《神経たちはもう足ががくがくだ》

最初の手紙のIとは、当時のエルザのボーイ・フレンドだという。《神経たちは足が……》は「ズボンをはいた雲」のなかの詩句である。

マヤコフスキーがどんないきさつでブリーク家に出入りするようになり、リーリャ、エルザの姉妹とどんな交渉があったかということは、エルザ・トリオレの「マヤコーフスキイ、詩と思い出」（創元社、一九五二年）にかなり詳しく語られている。ただリーリャの前夫O・M・ブリークについては、トリオレは一言も触れていない。「私たち三人は決して離れればなれになるまいと誓った」というリーリャ・ブリークのことばを文字通りに受けとれば、マヤコフスキー－リーリャ－オシップは完璧なトライアングルを構成するわけであるが、その詳しい事情はこの書簡集を通読したのちも依然として不明である。しかしマヤコフスキーの側に（あるいはブリーク夫妻の側にも）終始ある種の精神的緊張があったことは、ほとんど確実といえるようである。それはリーリャ宛の手紙のすべてにまざまざとあらわれている。ともあれ、手紙を読んでみよう。手紙のなかでリーリャの名前は、リーリック、リーチカ、リリョーノック、リーシック、キーサ、キース、キーシット等々、無数に変化する。オシップも、オーシカ、オーシック、オーシャ等々に変る。

〈モスクワ、一九一八年三月末〉

ならぶもののなきリリョーノック！

頼むから病気しないで！　オーシカがきみの面倒もみず、きみの肺を適当な場所に転地療養もさせないのなら、ぼくがきみの家に針葉樹林を持ちこみ、ぼくの好き勝手に、オーシカの書斎を海にしてやる。それから、きみの体温計が今後も三十六度以下にならなかったら、オーシカの手足をへし折ってやる。

とはいうものの、きみの家に駆けつけるというファンタジーは、ぼくの夢みがちな性質のしからしむるところです。ぼくの仕事や神経や健康がこのままの調子でつづくなら、きみのワン公は塀の下にあおむけにひっくり返って、四つ足をかすかにふるわせたっきり、その柔和な精神を神さまにお返しするでしょう。

けれども、もし奇蹟が起ったら、二週間後にはきみに逢えるかもしれない！

映画の仕事はもうじき終りです。今ちょうどフレーリヒのズボンを借りにスタジオへ出掛けるところ。ラスト・シーンのぼくは伊達男なんです。

詩は書いていません。馬のことで、ちょっと泣かせる詩を書きたいとは思っていますが。

夏にはきみといっしょに映画を撮りたい。きみのためのシナリオを書くつもり。

この計画は、そちらへ行ってから詳しく話します。どうしてだか、きみもきっと賛成してくれるような気がする。元気になって下さい。手紙を下さい。ぼくのやさしい、あたたかい太陽、きみを愛しています。

オーシカによろしく。

骨がぽきぽきいうまで、きみを抱きしめます。

きみのヴォロージャ

P・S（きれいな紙でしょう?）こんなきざっぽい便箋を使ってごめん。これはピトレスクのです。あそこは、きざっぽさが身上ですからね。トイレをキュビスムにしなかったのがまだしもだ。でないと往生したでしょうよ。

この年の初め、マヤコフスキーは自作自演の映画を撮っていた。そのフィルムは現在残っていない。「馬のことで泣かせる詩」は、のちに「馬との友好関係」という作品になった。ピトレスクとは当時のモスクワにあった「芸術喫茶」で、マヤコフスキーはここで詩の朗読をやっている。おなじ頃の手紙をもう一つ。

〈モスクワ、一九一八年四月〉

親愛なる、けれどもぼくにはちっともやさしくないリーリック！

なぜ手紙をくれないのですか。ぼくは三通もあげたのに、返事は一行もなし。

六百露里という距離が、それほど重大なことなのですか。

こんなことはいけません、かわいいひと。きみらしくない！

お願いだから手紙を下さい！　毎朝、目をさましては「リーリャはどうしたろう」と悲しく思っています。

きみのほかには、ぼくは何も要らないし、何も面白くないんだということを、忘れないで下さい。きみを愛しています。

映画は片がつきました。すこし熱心にやりすぎました。

目のやつがひどく痛むんです。

今度の月曜に手術してもらいます。鼻と喉を切る予定。

この次（もしも！）お目にかかるときは、全身さっぱりして修理ズミです。機関庫から出てきたばっかりの機関車！

活動屋たちが言うには、ぼくは前代未聞の役者だそうです。お世辞や、地位や、お金をだしに、さかんに誘惑してきます。

もしもまた返事をくれない場合、ぼくがきみのために遂に息絶え、墓石とウジ虫を相手にするようになることは明らかです。だから手紙を下さい！

接吻します。

オーシャによろしく

きみのヴォロージャ

こんな調子の手紙が数年間つづく。「あたまのてっぺんから爪先まできみのシチョン。一分間に三千二百万回接吻する」「一八六回接吻する」「芸術家同盟の事務所で立ったまま走り書きです。一〇〇〇〇〇〇五六七八九一〇回接吻する」等々。この間、詩劇「ミステリヤ・ブッフ」、長詩「一億五千万」「ぼくは愛する」、それに「会議にふける人々」などが書かれ、例の「ロスタの窓」の猛烈な仕事がつづき、一九二二年の十月から十二月にかけては初の外国旅行(ベルリン、パリ)がある。この年の末、手紙の調子ががらりと変る。編者の註によれば、「外国旅行から帰ってきた直後、リーリャ・ブリークとマヤコフスキーの間に不和が生じた」というのであるが、どういう不和だったのか具体的には明らかにされていない。とにかく、その結果、二人は協定をむすび、正確に二カ月間だけ離れて暮す約束をする。その期限が切れるのは一九二三年二月二十八日である。マヤコフスキーはルビャンスキー街の仕事部屋に閉じこもり、熱に浮かされたように愛の叙事詩「これについて」を書きつづける。

〈モスクワ、一九二二年十二月末〉

リーレック、

きみの決心が固いことは分りました。ぼくがきみに付きまとうことが、きみにとって苦痛であることも、よく分りました。けれども、リーレック、今日ぼくの身に起ったことは、あまりにも恐ろしかったから、まるで最後の藁をつかむような気持で、ぼくは手紙を書き始めるのです。

こんなに辛いことは生れて初めてです――ぼくはほんとうに育ちすぎたのかもしれない。以前なら、きみに追払われても、ぼくは再会を信じていました。現在のぼくは、完全に人生から引き剥がされたような気持、もう前途には何もなくなったような気持です。きみがなければ人生もない。それはぼくがいつも言い、いつも思っていたことでした。今のぼくはそれを感じています。全身でひしひしと感じています。ぼくがかつて得々として考えたことはすべて、何もかも、今となっては何の価値もない――いとわしいことです。

ゆるしてくれと威丈高に強要はしません。自分については、何一つできない――ママとリューダ（マヤコフスキーの姉）のことが心配でたまらないのです。これも大人の感傷でしょうか。ぼくはきみに何一つ約束できない。きみが信じてくれるような約束など、一つもありはしないのです。きみを苦しませずにきみと逢い、仲直りする方法は一つもないのです。

それでも、何もかもゆるして下さいと、きみに手紙を書き、きみにお願いせずにはいられません。

きみの決心がくるしい決心、無理な決心であったとすれば、きみに最後のチャンスに賭けてみる気があるとすれば、きみはゆるしてくれるにちがいない、手紙をくれるにちがいない。

しかし、もしも返事さえくれなかったら――きみ一人がぼくの思想なのです。七年前きみをどんなに愛したことか、現在の瞬間もどんなに愛していることか。きみの望みならきみの命令なら、どんなことであろうと、ぼくは歓喜して実行します。これほど愛していることを知りながら、自分の罪で別れて暮さねばならないとは、なんと恐ろしいことだろう。

ぼくは今、喫茶店で泣きわめいています、ウェイトレスたちがぼくをわらっています。ぼくの残りの人生がこんなふうに過ぎてしまうのかと思うと、恐ろしくてたまらない。

ぼくはきみのことを書かずに、自分のことばかり書いている。きみが平然として、毎秒毎秒ぼくから離れてゆく、そしてあと何秒か経つとぼくは全く忘れられてしまうのかと考えることはたまらない。

もしこの手紙に苦痛と嫌悪以外の何かを感じてくれたら、お願いです、すぐ手紙を下さい。走って家に帰って、待っています。返事がなければ――恐ろしい、悲しみ。

接吻します。全身きみの　ぼく

いま十時です、十一時までに返事をくれなければ――待っても無駄と思うことにします。

〈モスクワ、一九二三年一月初め〉

リーリック、

コーリャ（ニコライ・アセーエフ）のいるところでは、きみに返事を書けなかったので、今この手紙を書きます。よろこびのあまり、ぼくの理解力に故障がおきないうちに、今すぐ書きます。

きみの手紙はぼくに希望を与えました。ぼくが絶対にあてにしていない、そして、あてにしたくない希望を。それは、きみとぼくとの古い関係の上に立てられた考慮というものは、すべて正しくないからです。新しい関係はといえば、それはきみが現在のぼくを理解したあとで生れるでしょう。

　ぼくの哀れな手紙もまた、きみは考慮に入れてはいけないし、入れる筈もないのです。なぜかといえば、ぼくがぼくらの生活（それが実現するとして）について何らかの決定をしなければならぬのも、そして決定できるのも、すべて二十八日のことなのですから。これは絶対に正しいことです。なぜなら、ぼくが生活について何か最終的な決定をする権利や可能性を、現在の瞬間に持っているとすれば、きみの目を見つめて正しさを知ることができるとすれば、きみは今日ぼくに訊ね、今日のうちに回答を与えてくれるにちがいない。そうすれば、ぼくはあっという間に倖せな人間になれます。そういう予想が失くなるとすれば、ぼくはぼくのあらゆる恐怖に耐えるために必要な、すべての力と信念をうしなうことになります。

　ぼくは子供のような、抒情的な狂暴さを感じながら、きみの手紙をひっつかみました。

　けれども、分って下さい、きみが二十八日に逢う相手は、きみにとって全く新しい人間なのです。その男ときみとのあいだに起るすべてのことは、過去の理論によってではなく、二月二十八日以後の行為によって、きみとその男の「仕事」によって、かたちづくられ始めるでしょう。

ぼくがきみにこの手紙を書かねばならぬのは、現在の瞬間、ぼくの神経がどうしようもないほど猛烈にふるえているからなのです。

この手紙を書かせているきみへの愛がどれほどのものか、分って下さい。

あいつはなかなか陽気で愉快な奴だと、きみが今まで人づてに聞いていた男といっしょに、すこし危険な散歩をすることが、こわくなかったら、返事を下さい、すぐ返事を下さい。

ぼくはひたすら待っています。女中のアンヌシカが手紙を持ってきてくれるのを待っています。自分と付合うと危険だと言って「警告する」ことが好きな、くどい友人に書くような手紙を下さい。「勝手にしなさい、あなたの知ったこっちゃない――私は私の好みでこうするんだから！」とね。

きみは、ぼくにどうしても必要な時だけ手紙を書くことを許可してくれました――そのどうしてもが今なのです。

きみは、なぜこんなことを書いているんだろう、当り前のことなのに、と思うかもしれません。もしそう思ったら、それでいいのです。きみの家にお客が来る今日という日に、手紙をあげるのをゆるして下さい。この手紙のなかに気まぐれな、わざとらしい部分がありませんように。あしたでは駄目な手紙なのです。これはぼくの生涯でもっとも真面目な手紙です。いや、手紙ですらない。〈存在〉です。

全身できみの小指一本を抱きしめます。

シチョン

二月二十八日が近づくにつれて、手紙はだんだん簡潔になり、確信的になってゆく。おなじモスクワの町中に住みながら、マヤコフスキーはわざとリーリャに電話もかけず、必要な用件はすべて第三者（アセーエフ）を介して連絡していたのだった。二、三度ばったり街でリーリャと出会ったらしい。マヤコフスキーは、しょぼたれた身なりだった。「自分でもぞっとするほど、見苦しい有様でした。心配しないで下さい。あんな風には二度となりません。将来もあんな風だったら、きみの前にはあらわれません」。一つだけ絵入りの手紙がある。大きな熊が檻のなかから「愛している！」と叫んでいる絵。

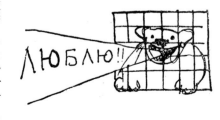

きみのシチョンは
実はオスカー・ワイルド、
実はチロンの囚われ人。

バイロンやワイルドの記憶が、マヤコフスキーの「自発的な監禁」のなかへ入りこんでくる。これは長詩「これについて」の重要なライトモチーフとなった。再会の日「二十八日」は合言葉のように手紙のなかで繰返される。その日、二人はペトログラードへ旅行する約束だった。いよいよ二十八日。マヤコフスキーは汽車の発車時刻（午後八時）までに二通も手紙を書いている。

かわいいひと、
切符を送ります。
汽車はちょうど八時発。
汽車のなかで逢いましょう。
　二三年二月二十八日

《暗き日々は過ぎ去りぬ、
　つぐないの時は来たりぬ》
《同志よ、雄々しく、足並そろえ……》
　二三年二月二十八日三時一分すぎ

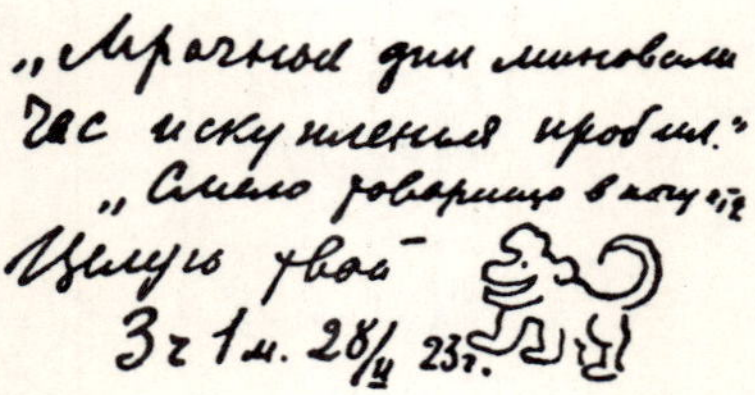
„Мрачные дни миновали
Час искупления пробил."
„Смело товарищи в ногу"
Целую твой
3 ч 1 м. 28/II 23 г.

「自発的監禁」の期限は午後三時と、時刻まで正確に決められていたのである。汽車のなかでマヤコフスキーは、完成したばかりの長詩「これについて」をリーリャに読んできかせたらしい。

リーリャ・ブリーク以外の人物に宛てた手紙は、前記の通りわずか三十一通で、その相手はアセーエフ、O・M・ブリーク、ダヴィド・ブルリュック、エルザ・トリオレなど全部で十四人、しかも大抵の手紙はごく事務的なみじかいものだが、「レフ」同人の理論家N・F・チュジャックに宛てた手紙は、一九二三年の「レフ」創刊当時のマヤコフスキーの考えを語る資料として興味ぶかい。その一部を読んでみよう。

……今やわれわれが党中央委員会や国立出版所（しばしば美学的にわれわれと全く敵対的な人々）と話をつけたのに、われわれの無二の親友であり同志である貴兄と話がつかないとは、ぼくは無性に残念です。

……しかしぼくは貴兄の意向を全く推測できません。貴兄の議論の裏にあるものが、全く理解できないのです。

どうか、貴兄の反対意見を整頓して、それをざっくばらんに——具体的な提案によってブチまけて下さい。しかし肝に銘じておいて欲しいのは、ぼくらの団結の目標は——つまり共産主義の芸術（共産主義的文化の一部分および共産主義一般！）は——まだ精密な定義や理論家の及ばぬ漠然たる分野であり、しばしば実作や直観があたまのいい理論家を追い越す分野であるということです。この分野で、お互にわずらわされることなく、お互に磨き合いながら、貴兄は知識を武器に、ぼくらはぼくらの好みを武器にして、仕事しようではありませんか……

この手紙は、「レフ」発刊の直前、編集会議で論争が起り、チュジャックが席を蹴って退出したあとで書かれたものである。その論争というのは、O・M・ブリークの中篇小説「同伴者ではない」を「レフ」創刊号にのせるべきか否かということで、チュジャック以外の同人はこぞってこの小説の掲載に賛成したのだという。さいわい手許にこの「レフ」一号があるので、私は早速この小説を読んでみた。題名の同伴者は女性形である。美しいブルジョア女（ネップ時代の自由企業家の妻）に一目惚れした主人公

（ソビエトの役人だが、非党員。しかも自分は真正のコミュニストだと言いきるところなど、マヤコフスキーを連想させる）が、さまざまな誤解と嫉妬の渦に巻きこまれ、そのあげく女秘書（もと主人公の妻、党員）の失敗の責任をとって、みずからシベリアへ行くという物語である。私の判断では、単なる風俗小説と大差ない作品だが、「レフ」同人の立場の微妙さや、マヤコフスキーのヴィヴィッドな姿を間接的に物語る資料として、興味津々たるものがあった。マヤコフスキーと「レフ」同人との関係、就中リーリャおよびオシップ・ブリークとの関係を究明することは、社会主義体制における前衛的・革命的芸術の運命を解く一つの鍵になるという意味で、今後のマヤコフスキー研究の一つの題目となるにちがいない。

〔詩人・翻訳家〕

## 著者略歴

Владимир Владимирович Маяковский
ヴラジーミル・マヤコフスキー

ロシア未来派の詩人。1893年、グルジアのバグダジ村に生まれる。1906年、父親が急死し、母親・姉２人とモスクワへ引っ越す。非合法のロシア社会民主労働党（RSDRP）に入党し逮捕３回、のべ11か月間の獄中で詩作を始める。10年釈放、モスクワの美術学校に入学。12年、上級生ダヴィド・ブルリュックらと未来派アンソロジー『社会の趣味を殴る』のマニフェストに参加。13年、戯曲『悲劇ヴラジーミル・マヤコフスキー』を自身の演出・主演で上演。14年、第一次世界大戦が勃発し、義勇兵に志願するも、結局ペトログラード陸軍自動車学校に徴用。戦中に長詩『ズボンをはいた雲』『背骨のフルート』『戦争と世界』『人間』を完成させる。17年の十月革命を熱狂的に支持し、内戦の戦況を伝えるプラカードを多数制作する。24年、レーニン死去をうけ、長篇哀歌『ヴラジーミル・イリイチ・レーニン』を捧ぐ。25年、世界一周の旅に出るも、パリのホテルで旅費を失い、北米を旅し帰国。スターリン政権に失望を深め、『南京虫』『風呂』で全体主義体制を風刺する。30年４月14日、モスクワ市内の仕事部屋で謎の死を遂げる。翌日プラウダ紙が「これでいわゆる《一巻の終り》／愛のボートは粉々だ、くらしと正面衝突して」との「遺書」を掲載した。

## 訳者略歴

小笠原 豊樹〈おがさわら・とよき〉ロシア文学研究家、翻訳家。1932年、北海道虻田郡東倶知安村ワッカタサップ番外地（現・京極町）に生まれる。51年、東京外国語大学ロシア語学科在学中にマヤコフスキーの作品と出会い、翌52年『マヤコフスキー詩集』を上梓。56年に岩田宏の筆名で第一詩集『独裁』を発表。66年『岩田宏詩集』で歴程賞受賞。71年に『マヤコフスキーの愛』出版。75年、短篇集『最前線』を発表。露・英・仏の３か国語を操り、『ジャック・プレヴェール詩集』、ナボコフ『四重奏・目』、エレンブルグ『トラストDE』、チェーホフ『かわいい女・犬を連れた奥さん』、ザミャーチン『われら』、カウリー『八十路から眺めれば』、スコリャーチン『きみの出番だ、同志モーゼル』など翻訳多数。2013年出版の『マヤコフスキー事件』で読売文学賞受賞。14年12月、マヤコフスキーの長詩・戯曲の新訳を進めるなか永眠。享年82。

マヤコフスキー叢書
ぼくは愛する
ぼくはあいする

ヴラジーミル・マヤコフスキー 著

小笠原豊樹 訳

2016年4月17日　初版第1刷印刷
2016年5月17日　初版第1刷発行

発行者 豊田剛
発行所 合同会社土曜社
150-0033
東京都渋谷区猿楽町11-20-301
www.doyosha.com

用紙　竹尾
印刷　精興社
製本　加藤製本

*I Love*
by
Vladimir Mayakovsky

This edition published in Japan
by DOYOSHA in 2016

11-20-301 Sarugaku Shibuya
Tokyo 150-0033 JAPAN

ISBN978-4-907511-28-9　C0098
落丁・乱丁本は交換いたします

# 本の土曜社

**大杉栄ペーパーバック（大杉豊解説）**
大杉栄『日本脱出記』九五二円
大杉栄『自叙伝』九五二円
大杉栄『獄中記』九五二円
山川均ほか『大杉栄追想』九五二円
大杉栄『*My Escapes from Japan*（日本脱出記）』
　シャワティー訳、二三五〇円

**坂口恭平の本と音楽**
『*Practice for a Revolution*』一五〇〇円
『坂口恭平のぼうけん』九五二円
『新しい花』一五〇〇円
『独立国家のつくりかた（英訳版）』＊

**マヤコフスキー叢書（小笠原豊樹訳）**
『ズボンをはいた雲』九五二円
『悲劇ヴラジーミル・マヤコフスキー』九五二円
『背骨のフルート』九五二円
『戦争と世界』九五二円
『人間』九五二円
『ミステリヤ・ブッフ』九五二円
『一五〇〇〇〇〇〇〇』九五二円
『ぼくは愛する』九五二円
『第五インターナショナル』＊
『これについて』＊
『ヴラジーミル・イリイチ・レーニン』＊
『とてもいい！』＊
『南京虫』＊
『風呂』＊
『声を限りに』＊

**二十一世紀の都市ガイド**
アルタ・タバカ編『リガ案内』一九九一円
ミーム（ひがしちか、塩川いづみ、前田ひさえ）
　『3着の日記』一八七〇円

**プロジェクトシンジケート叢書**
ソロス他『混乱の本質』徳川家広訳、九五二円
黒田東彦他『世界は考える』野中邦子訳、
　一九〇〇円
ブレマー他『新アジア地政学』一七〇〇円
安倍晋三他『世界論』一一九九円
安倍晋三他『秩序の喪失』一八五〇円
ソロス他『安定とその敵』九五二円

**歴史と外交**
岡崎久彦『繁栄と衰退と』一八五〇円

**大川周明博士著作**
『復興亜細亜の諸問題』＊
『日本精神研究』＊
『日本二千六百年史』＊

**丁寧に生きる**
『フランクリン自伝』鶴見俊輔訳、一八五〇円
ベトガー『熱意は通ず』池田恒雄訳、一五〇〇円
ボーデイン『キッチン・コンフィデンシャル』
　野中邦子訳、一八五〇円
ボーデイン『クックズ・ツアー』野中邦子訳、
　一八五〇円
ヘミングウェイ『移動祝祭日』福田陸太郎訳＊
モーロワ『私の生活技術』中山眞彦訳＊
永瀬牙之助『すし通』＊

**サム・ハスキンス日英共同出版**
『*Cowboy Kate & Other Stories*』二三八一円
『*November Girl*』＊
『*Five Girls*』＊
『*Cowboy Kate & Other Stories*（一九七五年原書）』
　限定十部未開封品、七九八〇〇円
『*Haskins Posters*（七二年原書）』
　限定二十部未開封品、三九八〇〇円

**モダン・ブルース・ライブラリ**
オリヴァー『ブルースと話し込む』日暮泰文訳＊

**土曜社共済部**
ツバメノート『A4手帳』九五二円

**政府刊行物**
防衛省防衛研究所『東アジア戦略概観2015』
　一二八五円

＊は近刊
価格本体